畫荷

薄羅乍試小歡愉，
荷葉尖尖立澗隅。
纔過麥天花綻蕾，
已經梅雨蓋擎珠。
從容玉羽飛雙鷺，
呷嗑青裳卧一鳧。
燈下新磨魚腦白，
看君調粉寫鮮芙。

比歲，自春徂夏，小妹助力，畫荷十數幀，故有此律。曩時，白竹園故居門外荷池，摇香送爽，清景無限，每啓玄思，後竟湮没。至今，兒時之『荷花世界』，仍時在夢中。後曾爲河北蓮池撰書咏荷聯五十七副，三數日間竟悉售罄。篆書聯：『小風微雨野塘邊，幾度江南曲；密柳疏蟬孤艇外，一枕晚凉天。』竟獲某公激賞，高值購去。此亦一段荷緣也。一笑！

●魚腦白：黄花魚，亦稱石腦魚，魚頭中有骨如石，取之烘焙研磨，爲上好白色，人稱魚腦白。記此，以作丹青小記。

玄武湖

枯柳枯荷幾萬枝，
白門烏板最相思。
夕陽寒影蕭疏畫，
暮雨微吟繾綣詩。
歸處已非來處路，
岸花又落藕花池。
凄清一顆秦淮月，
點綴香君賣酒旗。

予携小妹南游白下，首過玄武湖。湖中寒索，天宇四垂，薄寒鬱鬱，暮雨瀟瀟，極難作延佇之賞。獨于香君賣酒處小酌，尚有餘韵，可供玩味！

●李香君：是『秦淮八艷』之一。嬌小玲瓏，人稱『香扇墜』。和明末四公子之一的侯方域相愛，其識見遠比侯方域高，與奸宦勢不兩立。其故事由孔尚任編寫成《桃花扇》一劇，由是香君之名傳遍南北。

古寺

蕭蕭微雨過牛池，
隔嶺啾啾叫子規。
暮野草收千頃緑，
亂山泥拓幾殘碑。
孤芳自賞翻成累，
一笛孤吹也是詩。
明月懸爲頭頂燭，
熒熒照我白鬍髭。

六郎古寺，京西之勝，然已傾圮頽敗。北京詩人易海雲先生曾倡言于此建詩社。

一夕夜游此寺，廢池喬木，圮殿頽垣，夜風乍起，蟲聲頓作。余與小妹等逡巡于草木磚石之間，幾不敢移步。留半句鐘始歸。而詩社之議，經多次交涉，終不可行，其議乃寢。

細愛

小泉小石小神仙，
自結羅浮百種緣。
半片萍花有生命，
一涓晨露匯靈淵。
心田妙在存孤弱，
清格常標著小妍。
我抱乾坤如許大，
千般細愛屬天然。

予有林鵬先生所作印『妙在渺小』，此詩可爲此印注脚。

予舊撰聯云：『我抱乾坤，小如舍利；心存孤弱，一若菩提。』曾獲賞于友朋，一時，嘗書贈十多位欣賞此聯者。蓋弱勢群體，螻蟻生命，自古即爲有識者所惜憫、所傾愛也。且予于藝術素有『小格局、低角度、窄視野』之逆向美學選擇，皆本自此等心境。佛陀之與樂爲慈，拔苦爲悲，慈悲遍施于一切衆生，平等無别。慈悲之于一切衆生，亦即此種高尚情性。對此，小妹與予皆感同身受。獨覺只能自度，不能起大悲心救度一切有生命之人與物。小愛，作爲藝術家之旨趣，當更高于侈言大愛之大人物、大神仙者，誰謂不然？

寫書

南叩菩提北叩仙，
無方修到大羅天。
寒蒿苦艾吹餘恨，
楚韵騷風續古弦。
永夜緑章無信息，
中宵濁酒泣幽燕。
可憐玄鬢裁《心史》，
未及蒼生血泪篇。

●鄭所南（一二四一—一三一八），名思肖，字所南，自稱三外野人，福建連江人。宋亡，隱耕吴中，不仕元，厭聞北語。善畫蘭，著《蘭譜》《心史》。《後漢書·霍諝傳》：『人心不同，譬若其面。』《荀子·非相》：『故相形不如論心。』人各有心，人各有思想感情。人各有史，皆思想感情之史之傳也。故予作自傳，亦名《心史》，殆未若所南先生之抒寫蒼生血泪也。而緑章信息之遲，自當在《心史》中述及，却無勞著龜也。

●大羅天：道教語。謂三十六天之最高一層，乃最高最廣之天也。

論書

祖裼書成輙自誇，
筆何豪縱氣何華。
忽驚海上玄濤涌，
更詫雲中紫電撾。
破格飆風迷大野，
搜新巨眼識靈鴉。
晨奇暮詭千花綻，
欲學時賢萬里賒。

晚近藝壇書風突變，誠有晨奇暮詭、不可或及之感。所謂今體，予雖不諳，然王鏞、樹葚諸人之作如面新風，確爲別格。書法，乃最需要文化根基作支撐之藝業。然今日書壇竟有人全不屬意文化，縱横塗抹，實爲大謬。予所作李白詩意圖二十五幀，書法二十五幀，出版者竟棄却予作，召來一位所謂海上名家，配畫出版，錯誤多多，乖離扭曲，適成笑柄。

百聯

小綠作風寒浸月，
翻翻吹透皂羅袍。
含毫乍試槐花墨，
門酒新斟竹葉醪。
一疊華箋紅列陣，
經宵宿構筆如刀。
老夫仿佛陳王助，
七步輕吟意興豪。

一晝夜，撰聯百副，書聯百副，皆獲拊掌之贊。自詡『神助』，復引『鬼嘲』。

關于聯，予以爲當今好之者衆，成之者寡。蓋多斤斤于句對，而無意于尋求詩意，發掘靈源。故誦之如口號，即之如政論。且撰者不能書，書者不能撰，而習此一途，即高自標置，實大乖古人創制原意，宜其爲嚼蠟也。予稱予作楹聯爲『兩行詩』，即倡言聯語應多詩意。此説雖不始于予，然大加標舉者，予也。

重逢

重逢已不是流人，
白髮朱顔剖性真。
温酒怡然迎上客，
寒吟聊復款芳鄰。
銀屏閃閃餘馨在，
畫迹林林入夢頻。
玫瑰花開騰燕燕，
先生詩酒却酸辛。

王影是我早年在廣州工作時的同事，曾一道在青年團活動，後因工作調動而失去聯絡。一九九四年末，予與王影重逢于京，喜不自禁，乃于九五年元旦，捧畫册、畫報、圖書數十種遺影子。影子驚喜之餘，乃悉陳于室，『畫迹林林』即指此也。

●『銀屏閃閃』『玫瑰花開』皆指影子影視工作之業績。三十年中，渠自《閃閃的紅星》《四渡赤水》《大决戰》等參與製成著名影片三十餘部，故稱『銀屏閃閃』。一九九五年，影子作影片《玫瑰天涯》，爲影視界描寫延安女性生活之唯一作品。

憶別

此去彤雲凍玉墀，
惜無一語慰修眉。
清溪短棹飄殘梗，
小隱頻年習古碑。
別後羅浮太枯寂，
夢中消息總參差。
難言最是摇紅袖，
孤雁南天北返時。

乙未冬月，影子先予北調，送行者百數十人。而予自知當爲影子最爲關注者，然僅能于二三十步外，頷首注目而已。自此之後，分攜幾近半個世紀。吁嚱！『相見時難別亦難』，『兩條溪水分頭碧，四面山風徹骨寒』，此情此景，或幾近之。

●摇紅袖：予謫處山右二十年後，乃重返京兆，曾憶寫此時情境，成七絶一章：『劉郎騎馬返京兆，驛館離亭滿翠翹。及見揚鞭揮泪去，三千紅袖一齊摇。』與乙未之別，適成兩種心境。

暮蟬

紅荔黃花五十年，
東山弦管結生緣。
歌吟碧樹爲誰恨，
惆悵西風豈自憐。
且學蟲魚成事業，
獨依草木作神仙。
暮香花影逃餘劫，
無憾無尤帶露眠。

詠蟬諸作，最宜標舉者如『五更疏欲斷，一樹碧無情』、『露重飛難進，風多響易沉』。予曾反復吟唱，嘆其蒼涼、沈鬱之至也。年時，聖秋多病，居次常貧，草根弱息，薄翅難飛，有如暮蟬，乃有是作。

●『且學』『獨依』一聯，曾書寫十數聯，分贈諸友。

無題

上清淪謫下長安，
原際風塵剗地寒。
玫瑰海天如夢隔，
琵琶江國莫愁彈。
斜陽孤鶩臨秋澤，
芳草驕騖卸錦鞍。
不拜當年皇佑寺，
可憐卅載不堪看。

戊戌四月末，予獲譴流河東，啓二十年困淪生活之始。淪謫河汾，凋殘星月，皆以不曾俯首低眉、摧折真靈故也。而影子正寄情于萬幅銀屏，一團玫瑰之極度亢奮中。區區私愛，竟兩不相知。

●如夢：渠所拍電影《玫瑰天涯》中之主角名蕭如夢。

●莫愁：南朝梁洛陽人，美姿容。梁武帝《河中之水歌》：『河中之水向東流，洛陽女兒名莫愁。』

●皇佑寺：地處景山附近，與影子任職之『三門』相鄰。

五月萍開

車笳驚夢隔新楊，
石上山花細細香。
紙染墨華渾不辨，
壁存畫影最難忘。
歌姬眼角留宫粉，
馭手輪旁綴玉皇。
繞岸新萍千點緑，
梨花落盡有餘凉。

『壁存畫影』見前『此日流泉此日風』注。第六句所言乃指晚近，車座前，每懸吉物。摇蕩作響，殊生深感。蓋予生也苦，又何敢希冀拔予于溷厠邪！

玫刺

玫刺牽衣過短墻，
樓高十二暗重關。
春風小巷無明月，
幽院孤燈照暮顔。
竟夕醴醪傾北海，
平生涕泪漫東山。
晨鐘暮鼓無由達，
一夢池塘綠草灣。

春風小巷爲追懷往昔，幽院孤燈乃證說而今。反過來，北海是訴說而今，東山

則徵引往昔。于此，則百十回陰晴圓缺者，皆實情實境也。

●末句源見『夢惠連』，事見《南史·謝方明傳》：謝方明子惠連工詩，族兄謝靈運每晤惠連，輒得佳句。蓋創作每獲神助，而有佳句。後以夢惠連一典，載諸典籍。辛棄疾《鷓鴣天》詞：『頻聚散，試思量。爲誰春草夢池塘。』宋陳三聘《夢玉人引》詞句：『荒草池塘，春夢暗驚詩客。』予亦用此事。并多次以《春草池塘》詩題入畫。

晤對達旦

百年心事百年身，
百年風雨洗清純。
天風雁翅家安在，
花影萍踪我若塵。
身世困淪詩自瘦，
聲名合沓性何真。
無言晤對臨窗擁，
霜罩高松曙色新。

雁翅萍踪，皆居無定所；身世聲名，又迥不相類。唯清純心境，足可抗禦人生風雨！影子與予四十年後重逢，渠第一次背誦古詩，即爲李商隱之『君問歸期未有期』，足見秉燭夜談，入人心境之深也。

天花

夜營小飲意微醺，
寺貝通津漫暮雲。
摇曳緑裳拂清暑，
溟蒙碧落蕩綺裙。
三生狂慧由神授，
一息披香獨我聞。
覺後朱唇微太息，
天花空翠落紛紛。

予于此詩中獨謂人之熾情，無可約縛，正若此也。而此正爲我輩男女年年月月

所互爲傾心之處。諳此，則此中瓜葛當無礙于領解焉。

●狂慧：佛家語，言無定無序之某種智慧也，譬如風中燃燈，摇擺不定，照物不了。語出《觀音經玄義》。

●披香：漢築披香殿。

芳　草

東山昨夜奏瑶笙，
霧鬟烟鬟旋綠裙。
風月有緣皆錯落，
江天如夢絶知聞。
驚鴻九畹堂堂曲，
飛燕三匝踢踢雲。
倏忽搴裳神女過，
一川芳草綠無垠。

牛希濟《生查子》名句：『記得綠羅裙，處處憐芳草。』此意予深會焉。然癸巳至丙申，三載星辰，千秋涕泪，所見所爲，竟于爾後幾十年間結撰成極大痛苦與困惑，均未預爲之計也。

燕子與蜻蜓

美人載我下湖東，
玉腕推車拂刺桐。
昨夜綠裙初校舞，
今朝雲鬢乍迎風。
飛來燕子剪新碧，
立定蜻蜓作小紅。
荷色領翻圓點點，
微風座後汗香融。

前篇，略記也；本篇，細述也。前篇，遠睨也；本篇，近視也。五十年過了，猶有『當時明月在，猶照彩雲歸』之感，人之所訕者，即此也；而予之所以永難釋念者，亦即此也。心之積念，宜其泛然外馳也。

香宮

酌酒香宮論死生，
死生無果亦無因。
江南紅豆心應擷，
薊北青春色可徵。
溶漾碧津留舊夢，
鏗鏘檀板證新盟。
琵琶一曲彈瑶席，
擊碎珊瑚共我聽。

香格里拉飯店餐廳名香宮，席間有彈琵琶助飲者。『紅豆』，其色燦然，其質堅實，俗稱相思樹，以其可擬真誠之愛情。前歲，友人贈兩顆紅豆，予藏之如拱璧，一日移家，撒地一顆，摸爬翻滚輾轉反側，終不可得，悻悻不已。經年，忽從衣袋中獲之。是時，距予自贛北歸來，僅三日；誠可作蓍龜之證。

紙卉

春色雨中凋蝕盡，
寒雲又折玉堂梅。
萬人潸下談心曲，
一度狂歌賦七哀。
歲月顛狂緣宵小，
乾坤整頓賴英才。
可憐紙卉乘時艷，
不合迎風瑟縮開。

五十年代，影子出任中央軍委高幹俱樂部主任，曾言及彭德懷元帥事，確鑿可信。

文革中，元帥被迫害至死，以詩示悼。

●七哀：魏晋樂府之一種詩題。曹植、王粲、張載均有《七哀》之作，多反映人事之哀苦、社會之動亂，爲悲憤抒痛之作。

花影

陽華熠熠描花影，
花影曈曈蔭玉姿。
日射神山多異彩，
月迷幽徑啓玄思。
池蓮綠水光波蕩，
旭日朝暾海霧瀰。
馬踏垂陽芳草碧，
光移麥垛太靈奇。

五句之後，多引喻歐西印象派代表畫家之作，莫奈、泰勒、畢沙羅，均多涉及。

二〇〇七年夏，予挈影子、妞絲、巧巧，游意、法、瑞士諸國，自巴黎驅車數百里游莫奈故居，對光影于藝術之作用，尤有深會。上世紀初，女詞人呂碧城長年居歐，對印象畫派亦多引重。宜乎莫奈、凡高之聲譽日隆，而不以東西文化之睽隔而異也。

夜話

昨夜又演《子不語》，
殘燈敗席侃人生。
瓜棚一串葫蘆鬼，
洞底三千硌砢精。
極品詼諧皆有泪，
自編影視總多情。
窗前尚有叨叨話，
心事無邊作海横。

《子不語》，清袁枚撰，正續編共三十四卷，專記神鬼怪異之事。由于《論語·述而》有『子不語怪力亂神』，因取其義爲書名，又名《新齊諧》。其極致者皆人之情感，除愛即恨，除恨即愛。深深愛之外，當即爲深深恨者也。倘有詰問，當即此以答。梅娃與予暇時所編撰之『齊諧』『楚夢』何止千百，若能筆之于文，當亦《新子不語》也。蓋生逢此世，正怪力亂神多産之時也，誰謂不然？

夜飲

晨起推窗倒又扶，
涼風解醒笑羅敷。
死生勘破應非夢，
醒醉『酒乾倘賣無』。
半句小詩雙得意，
一盅大曲兩胡塗。
忽然影子厨中詫，
玉指驚寒涮酒壺。

此生活中小事，記之聊增生趣。幾十載孤行無適，忽對相知，唯一酌圖醉而已。

此種情事，已因沿十載，酒緣也！

●『酒乾倘賣無』，爲臺灣傳入大陸之著名歌謠。此聯雖非的對，然亦有天趣。爲藝之道，寬泛中當自有優容天地。

酒卡

重酌香宫又五年，
朱顏永駐總清妍。
卅年玫瑰花常在，
一枕羅浮夢亦鮮。
擲水華鈿成麗藻，
當筵濁酒醉頑仙。
屜中記得存靈物，
酒卡長留百世緣。

凡情人節酌于香宫者，皆獲贈精美酒卡，以供紀念。期年，影子以卡示予，并索予卡。予竟忽之未入藏。女性細膩、温婉，尤善作金匱玉笥之藏。亦上帝造人之殊，屬意之別也。酒卡，靈物也，當證百世之緣于此一紙，予當引爲證物。蓋此意堪爲知者道也。

播遷

播遷無盡太淒惶，
問舍求居歲歲忙。
玉宇一窗新月韵，
碼頭百拜老神傷。
昨宵沙發裁團錦，
今夜春床换縹緗。
拭泪登梯相視笑，
新梧丈八老鸞凰。

憶予十七歲前，曾搬家三十餘次，實居無室也，故每對樓宇屋宅輒無計忘懷。

萬泉河小樓，爲予與王影小窩也。裝池十數萬，居處僅三年，因地處路側，今已拆除。每過小樓故地，輒爲一嘆！當時，爲獲立足點，拜遍碼頭方獲偶諾。而後天南地北，多層事務，多年糾葛，而終未果。『心老神傷』，此種惜護之辭，恐身歿之前不得免，記于詩中，庶使誦予詩者不以胡謅而嗤鼻！

●縹緗：舊時指圖書典籍，然亦指絲綢織物。《陌上桑》：『縹緗爲下裙，紫綺爲上襦。』

霧閣

華年七十轉秋蓬，
霧閣雲窗酒萬鍾。
流逝光陰無礙汝，
依然風景可憐儂。
夢中微啓三門殿，
雲表高揚百丈松。
忽近御溝望宮闕，
那邊楊柳月溶溶。

二〇〇五年，因羅浮詩林尚未竣就，乃暫居三門，凡八閱月。三門，禁衛之地也，

五十年過了，忽然有幸入居于此，正可携手憑欄遥望御溝也。

●霧閣雲窗：言樓閣高聳爲雲霧所籠罩。金元好問《鷓鴣天》詞：『長安西望長安斷，霧閣雲窗又幾重。』

書展（一）

換酒酬情事最豪，
香車日御福星高。
使君有眼裁花骨，
何傳多緣受錦袍。
幡幟量天擬玉尺，
文章鋪地響靈鼗。
摩挲五百花梨匾，
十萬蟲魚伴寂寥。

讀林佩環贊問陶先生詩，并有感于影子以拍電影所得助予舉辦『林凡書藝外展』，用『蟲魚事業』爲題，以數百刻字屏匾鋪陳于地，數丈書法幡幟矗立藍天，而獲意外效果。展中，啓功先生竟拄杖指導，文懷沙、沈鵬、閆立鵬諸先生均惠予嘉褒。遲浩田將軍、谷牧副總理亦莅臨指導。好友任佳爲書藝外展之特殊效果，賀聯曰：『量天伸玉尺，鋪地展金磚。』林東威先生以《詩意的突圍》爲題，大加贊譽。四方寵眷之情，没齒難忘。

●林佩環爲清代大文豪張問陶夫人。問陶爲其作小像，佩環感而拔金釵換酒酬夫。

●蟲魚本指解釋詞語及蟲魚草木之書，而予獨謂：蟲者，蛀木之蟲也（這是指書藝外展中數百件木刻書法作品之謂）；魚者，書魚也（這是指予讀書不多，徒有虛譽而已）。

書展（二）

幡幟無端丈八高，
雲揚霧簸立青霄。
幽花自舞揮齊袖，
黃葉誰憐惜楚腰。
一夜銀霜書列陣，
三秋上苑錦爲袍。
明朝報道無風雨，
眨眨靈眸燦御橋。

由影子助予舉辦之『書藝外展』，已十二年矣，展後影響，仍在播散。啓老仙去，任佳亦已作古，唯文老與予仍貧健冥頑如故。若死生勘破，亦無礙于事業、創作、生活、交往之通達遷變，唯求自家安適耳。

●『幽花自舞』『黃葉誰憐』爲書展中標志性幡幟，高逾五米。

●書法匾刻均鋪陳于地，最忌風雨，故有尾聯語。

元旦

高樓昨夜好風過，
吹遍層山叠水坡。
胡笛霓裳九華殿，
狂歌龍脊萬重波。
文章名世無僥倖，
詩酒縈心似薜蘿。
小蓴著紅申吉慶，
胭脂大筆點寒柯。

龍年除夜，影子于JEJE舞廳，跳Disco，飛騰旋轉，近五十分鐘，大汗淋漓，相携歸去。

十里長街，皆沉浸于慶祝新世紀開始之歡快中。黎明返家，影子又趣予元旦發筆作梅，此五十六字，皆實情實境也。『文章』『詩酒』，又實感也。宜其獲譽。

●九華殿：漢掖廷中之殿名。此予借擬也。

羅浮山

羅浮嵂崒一山雄，
厲鍔巉岩刺紫穹。
羅嶺墩崙迎大海，
浮峰縹緲引高風。
神巫霧掩成玄影，
屺屼春來即鬱葱。
呼吸南天成一快，
清雲濁雨兩朦朧。

羅嶺、浮峰：分指羅浮山之羅山、浮山。古傳：浮峰自蓬萊浮海南來，與羅峰

合而爲南嶺名山。

此詩與《羅浮泉》適成組曲。晚近索書者，予每書頸聯以贈。由是，予與影子，對『羅浮』一詞，更生深感，蓋千百年蒙養滋發所見之南嶺名山，乃益成聖域。普天下之言愛者，當益信予言之不誣。

羅浮泉

羅浮并馳兩飛泉，
衝決鴻蒙萬石穿。
剳岸排林大渾脱，
清潭淺澗小胡旋。
浮塵蕩盡餘芳草，
敗色披離綻錦天。
百折千回同一瀉，
驚雷掣電山之顛。

予作《羅浮泉》巨幅畫作，過于平常，過于温潤。予每思重畫一過。一九九八年，余于深圳展覽中，作立幅《羅浮泉》，畫展開幕，即爲某臺商購去。之後，當决意再作『驚雷掣電山之顛』之羅浮泉，願上蒼佑我了此宿願。影子或亦當樂于助我。

●渾脱、胡旋，均爲古代著名之樂舞。

歐游

若個丹青若個秋，
忽期同作泰西游。
時空乍變『三叉手』，
『筆墨如零』一晃頭。
絶世風流將斷代，
百年孤獨且登樓。
吹牛吹到巴黎去，
攝下羅浮記旅眸。

吴冠中先生爲我國藝術大師，其藝術與觀念之率真、妍黠，殆爲當代獨步。『筆墨如零』之論，思之再三，確有振聾發聵之感。先生此論，若以天翠潤空、明霞秀野擬之，不爲過也。而今，玩藝術之人甚多，標榘文化以飾其窳陋之人甚多。若以李小山先生之『書畫垃圾論』驗之，誠爲大悼大愍之奇謚也！不亦宜乎？五年前之旅歐計劃，至丁亥歲夏，始得踐實，乃志以詩。

獲獎

見説初膺異國榮，
先生默默巧蘭驚。
桃符紅紙傾西土，
清供春朝獲上評。
淬礪文章獨孤詣，
傳承意匠苦經營。
炎黄授我方方字，
上帝尼山兩抗衡。

一九九六年予忽發奇想，置中西文化之乖異于不顧，于舊金山首次舉辦春聯展，

竟以『一夜春風新大陸，萬家燈火舊金山』一聯獲『中美文化交流特别獎』，蓋有妞絲譯解講述之功也。後一歲，爲予頒獎之舊金山市長布朗先生來華訪問，予于《人民日報》撰短文致意。人或質于予：何以如此？予曰：吾華之方塊字與歐美之拼音字殊不相類，然藝術形式之對比、生發，思想文化之引證、發皇則一也，又何礙文字之彼此乖異耶！

●孔夫子一稱『尼山』，適與上帝相對稱。

霧

明陵往事已遷延，
花雨氤氳繞樹妍。
十里披衣一磅礴，
千匝索句又纏綿。
青峰犨崒梅爲霰，
白首蕭騷我似仙。
最是鍾山山上霧，
蒙蒙迷我兩三年。

『清寒風味』，時人每每難得，而我獨多；『淡泊情懷』，古人每每有得，而時人却少。鍾山賞梅後，對此深有所會。二十年前，予亦曾于太行少室山中作無伴無朋無詩無酒之旅，觸眼雲山，滿懷蕭索，竟日奔波，計之，出郭出村，纔七八里許。誠另一番况味也。而今質之影子：阿儂此去蓬萊幾里？

揚州

揚州共擁木棉裘，
爲訪名花溯遠游。
古樹撑空迎雪夜，
蕭齋鎖户作詩囚。
三生詩酒成宏構，
百丈羅浮納小樓。
搜得橋頭驢背句，
冰心已證萬般愁。

也許廣陵故實，能引我遊思。此中原委，當上溯六十年前。時從先父藏書中，獲《揚

州畫舫録》，披閲之餘，已略知揚州史地風貌。此書遺失，又補購；又遺失，又補購。凡五册，以期永志不忘。而『三生』『百丈』一聯，已是草成于數十年前，又抄録數十副，遍貽友人。

又，過揚州時，聞冰心老人謝世。大慟，乃寄聯以吊。聯云：『冰魂已歷三千劫；心月常圓一百年！』予與老人比鄰而居，雖只見三面，然老人于我，我于老人，皆能互傾緣重也。

登山

九華峰翠太離迷，
百繞千回過碧溪。
摇曳籃輿人入夢，
的咚筇杖我登梯。
長江一望唯烟雨，
弱質雙扶足品題。
萬仞雲山無面目，
滿林微雨鷓鴣啼。

昔者，登東尊，爲一覽河風岳色也；游九華，爲一聆江濤山鳥也；余與内子三五年間均獲償宿願！難矣哉！策人心者，情也；啓人思者，夢也。至今追憶登九華時，病足支離，弱骨疲苶，仍能優游于萬仞雲梯間，情之至也，夢之至也。

蓮池之夜

輕吟海子御瓜棚，
九九秋花證舊盟。
照你清波好顏色，
聽儂往事『壞』名聲。
飄殘翠蓋蓮花榭，
消受青春子夜星。
卅載銀屏瞻妙相，
黄旗『格格』白精靈。

蓮花池爲八一電影廠所在地，予曾于一九五二年調此工作，未幾南旋。而後影子任八一電影廠文學部主任三十年，拍電影數十部，磨盡青春，飄殘翠蓋，只贏得銀屏妙相，詩卷輕吟。每過蓮花池，輒自興嘆。

● 黄旗格格：影子爲滿族正黄旗後人，故戲稱格格。

素心

東南大宙暮雲遮，
朵朵芙蓉付落霞。
我有素心無濁夢，
誰憑秋實憶春花。
簫聲劍氣存詩酒，
畫骨吟魂貢歲華。
惻惻西風吹敗葉，
樓高月小一燈斜。

予挈家人築『小羅浮詩林』于京郊，企以數十方巨石，鎸刻予詩予畫，遍置宅旁，且擬埋骨于此，并書『素心净土』鎸于門楣以爲志。復集古篆録渠散文詩鎸青銅門弁于宅首，鑄一青銅獸面鋪首于兩門之間，冀其永不乖離。時人以爲魯殿明堂，河西漢闕，差可擬也。然仍有甲申四月之變，思之痛徹肝肺。幸爾後仍合二爲一。百十年後，有人憑吊于此，此詩或可作爲注脚，當可爲言情言愛，而不事生計，不諳世情，不事内修，不圖思想之吻洽者戒。

畫展

江國星辰燦素秋，
華堂書畫引朋儔。
浮山一角飄蓬島，
薄藝三生證白頭。
海岸風停翡翠閣，
御溝春滿木蘭舟。
長安道子頻呼酒，
一夕傳呼一萬甌。

予以三百件作品展于香港華潤中心，主持人詢于予曰：『展後感想如何？』予

曰：『予以工筆作畫，一筆一筆，積數十萬筆，居然成此大展，確不容易。請諸君看後，有何看法告我！』此言一出，竟赢得滿堂掌聲。入夕，影子與予飲十觥以自壽！《海岸無風》《御溝春》兩畫展出中獲譽最隆。

●道子：唐代著名畫家吴道子，又名道玄，工佛道二教人物，尤工山水，後世尊爲『畫聖』。

色相

道林高論不相侔，
色相堂堂骨力遒。
國士遯名緣臭腐，
中郎無愧薄王侯。
揚波戲水如椽筆，
抵璧投珠豈上籌。
爽氣東回驚海宇，
吴眉楚眼兩蒼頭。

此詩爲賀范曾畫展作。

●道林：晋支遁字。支遁（三一四—三六六）工詩，善書，喜鷹馬，自謂愛其神駿；主張『色即是空』，創般若學色義，爲當時名士所激賞。與謝安、王羲之游。爲晋代著名高僧。

●中郎無愧，事見《郭泰碑銘》。

●抵璧投珠，源見『荆玉抵雀』，言人才不受重視。

●十翼先生，江東名士；予亦南楚畫人，故戲作吴眉楚眼之説。

海岸無風

偃臥蒼崖可跋灾，
漫天風雨怕重回。
狂濤噩夢三山圮，
高閣胡旋一醉頽。
沉睡十年添麗色，
曲身三世養奴才。
教堂晨禱呼松起，
海岸風停不起來。

丁丑春，予于美國西海岸獲游大千先生之摩耶精舍。精舍四周百十里內，松皆

偃臥，蓋長年海風吹拂使然。于是，乃作《海岸無風》。影子亦有詩，詩中引述海岸教堂實景，予亦因之。

御溝春

此日長空振玉翎，
重回御苑壓青萍。
排雲破月桃花渡，
立雨眠沙杜若汀。
作詠何堪惜孤影，
招魂未必及湘靈。
得全靈性經多劫，
一曲清歌四野聽。

予寫鷺，已有年矣，此幀成畫較早，亦較工。惜早已嫁去，無方得覿芳顏。丁亥後，

予飼鷺十餘，又爲其營巨籠，設曲沼，冀予能遠覿其神采，近賞其毛羽爪喙，一如已締生死之交之摯友也。想三兩載後，可更能得其精采神韵。予以爲舉世禽鳥，唯鷺最孤高聖潔，一舉爪、一展翅，皆美不可言，允爲鳥類靈物。作詠，招魂，以擬其如人類之友朋也。

巴陵夜話

蓬山明月洞庭珠，
雲影濤聲伴浴鳧。
江上雲華濃又密，
床頭小夢淡如無。
歌吟揚子蝦鬚笛，
醒醉巴陵鴨嘴壺。
自與麻姑相晤對，
仙凡異味迥然殊。

巴陵，扼洞庭與長江交匯之口，風高浪急，鷗鳥翻飛。與寶華先生同游，别有神魂飛翥之趣。先生乃宦游人中之獨具性靈者也。歸逆旅，酌醇醪，抒胸中塊壘，予與内子暨寶華先生等侃人海風雲，自當迥異仙凡。

病痊

明月高樓小缽甌，
茶香藥味繞床浮。
詩囊歲積無多句，
畫債年多破預籌。
日暮南窗鈔舊咏，
風揚東海覆輕裘。
先生顏色新來好，
只爲憐才注愛眸。

年來多病，每懨懨不起，而叩諸醫家，又并無大瘳。近已略見瘥愈，蓋汱影子愛眸深注之德也。時蹇寓深圳東海花園，故有日暮南窗、風揚東海之况。兹後，頭病、脚病、囊腫、心病均在『好人一生平安』之祝福聲中度過，亦秉心法雙修之惠也。

賣字

堂堂華國復堂堂，
我有明珠夜放光。
橐筆三秋花弄影，
砥兵永夕劍凝霜。
文宗習帖頭空白，
書僧論詩舌濺黃。
墨鉢敲殘貪賣字，
檀箋一寸一匙糧。

三十年前，郭沫若先生南巡，求書者道爲之塞，午夜尚不能罷，先生乃敲筆作

賣字歌。年來，予書名亦稍溢于南北，奮筆爲書，永夕不輟，因亦循此作賣字歌。丁亥夏，新派書家創《漢字藝術》雜志，展讀之餘，深感藝術變易之不可逆料。倘天假以年，亦當操筆一試。

●砥兵：兵，兵器；砥兵，磨礪兵器。

●文宗：指備受推崇之文章宗伯，此借喻郭老。

贈鐵鑫

萬疊湖山萬疊波，
雨風雷電共交和。
三千金碟揚高韵，
一夕華堂發浩歌。
小室談經停月駕，
豪軒門酒瀉天河。
《夕陽紅》遍長安道，
擘柳吹花振玉珂。

鐵鑫歌喉，聲振南北。年來與丹詩共倡事業，俱有所成。兹後，孫輩們均在藝

術上有所期許。丁亥夏，舉家送哞哞、蟲蟲游庠英倫，歡聲笑語，情動機場。故作此詩以贈鐵鑫，兼示二孫女。

《夕陽紅》爲鐵鑫最爲膾炙人口之歌。

● 月駕：月神之車。

● 玉珂：馬勒也，以貝飾，色白如玉，馬行振動有聲，此借以喻馭駕車行。

鑽戒

星辰小顆燦柔荑，
跛惡延年寄美思。
約定三生山海誓，
圈成一段鰈鶼思。
酒酣閃爍成虹影，
夢後迷離幻異姿。
此日此時新戒約，
萬緣萬劫總相隨。

我不企望見到金貂翠珥，但我希望素衣淡飾，即之如美眷。至于『戒』所包含之内涵，非惟色也，實乃情焉！近聞李安先生導演之電影《色戒》榮膺奧斯卡金獎，殆亦演繹另類故事。于此，人或諱言，而予則坦陳此意，蓋以戒爲約，以戒證緣也。

購車

油壁車輕蘇小小，
飛空蔽日漢將軍。
傾城玉腕揚金鑾，
寶馬雄關破夕曛。
朱轂滿原雙雁翼，
青輪一路疊花裙。
明朝吹笛朝天去，
萬斛京塵蕩楚雲。

關于車，予能想象爲何？唯蘇小小、漢將軍耳。

李賀于『油壁車』中，已塑造出一勾魂攝魄之美人形象；于『黑雲壓城』一詩中又塑造另一忠勇愛國激蕩情懷之英雄形象。予與影子，應一如柳如是、陳子龍；林佩環與張問陶同駕驅馳，自晨至暮，無雨無風之神采也，然終未獲偕。嗟乎！

七十初度（一）

卅載音書斷古塬，
蓬門未叩叩沙門。
靈談鬼笑輸心曲，
墨漬書痕記夢魂。
摘下野花藏日曆，
鋸開朽木數年輪。
而今月小星星暗，
草草杯盤誌愛恩。

『蓬門』，用蓬萊三島故實，以借指影子故鄉龍口。龍口緊鄰蓬萊，蓬萊又緊鄰沙門島。『沙門』：沙門島地處蓬萊西北海中，爲宋元時流謫罪犯之地。《宋史·刑法志三》：『犯死罪獲貸者，多配隸登州沙門島及通州海島。皆有屯兵使者領護』，與『五七』舊事相類。『野花』『朽木』一聯，渾成自然，亦偶然得之而已。

余有聯：『翻開書本，有去年蝴蝶；登上小樓，看今日羅浮。』亦本『摘下野花藏日曆』之意。

七十初度（二）

七十而今不算稀，
人生轉眼日偏西。
編排小鬼聊忘我，
晤對傾城未展眉。
天若有私誰愛我，
藝如無品豈成詩。
關山踏遍歸來晚，
傀儡銀屏正炫奇。

兩詩各述一事，各成一格，而未若古之珠聯璧串，蓋識見淺陋故也。然兩詩通讀，亦能表苦況難言，惟陶陶自樂之心境。

日將夕

詩人犖犖自孤妍，
畫佬堂堂似少年。
芳草白雲開別面，
幽花空谷證情天。
魚驚萬尾因摇落，
雁唳空雲引惜憐。
百笏巉岩將日夕，
空潭泉涌一悠然。

文革中，予被鄙視稱爲『小子』，後，予自製圓形朱文印冠以『堂堂』二字，乃成印文『堂堂小子』。予有聯：『花落中溪，驚魚萬尾；月迷前嶺，孤雁一聲。』人以爲頗饒禪意，乃緣此而成此偈。

孤吹

百字詩函證夙緣，
孤吹結習著芳妍。
羅浮無垢心田净，
湖海深情意守堅。
一劍十年供探討，
三毛七孔總方圓。
階前薄袂飄飄舉，
萬里逃情一散仙。

詩林，畫藪也，亦書淵也。清晨，涉露歸來，面窗捉筆，雖時有所得，然憒憒憂思，多緣淺薄。蓋意守雖堅，而眼界不廣；心田雖净，而内蓄不豊。如此，又何以遣餘日，盡天年乎！

●三毛七孔：《史記·扁鵲倉公列傳》唐張守節《正義》：『心重十二兩，中有七孔，三毛，盛精汁三合，主藏神。』故三毛七孔指心機，心思。

觀天

昨夜觀天作小娱，
白羊星座近仙閒。
三生可否聯成愛，
一傘横撑且釣魚。
花事已闌寫心史，
靈襟不奪是真予。
詩碑一列臨窗立，
林外縱横走萬車。

觀天，非爲休咎，圖作小娱而已。

予其誰歟？予何趨尚？誰與同行？星座誰與相伴？誰與共死生？誰與同墓穴？……予老且疲矣，不宜長此服臆，當以詩酒作小娱。醉後仰天一笑，乃得此解。

●白羊星座：此西方星象名。乃予妄托也。

●心史：見前《寫書》注。

●靈襟：胸懷，心智。

大隱

鷺引鷗扶過故丘，
故丘猶見舊鄰樓。
清晨傾耳湘妃笛，
夜半占蓍明月籌。
海角雲迷成大隱，
蓬山路遠枉孤舟。
梅花畫裏同儂瘦，
花瘦無根我瘦愁。

『大隱』，事見《史記·滑稽列傳》。東方朔以顛狂疏放，隱于朝市，以避塵囂。

李白《玉壺吟》：『世人不識東方朔，大隱金門是謫仙。』唐炯《李舍人山亭詩序》：『大隱朝市，本無車馬之喧；不出户庭，坐得雲霄之致。』而後，予自嶺海返京，閉門不出者數十日，故云大隱。

之後，又作巨幅菜花，題爲《小隱》。成是章時，亦成聯語：『春夢醒來，海陬緑了；微風醉後，上苑華兮。』

無題

春風昨夜過燕山，
小步庭除白袷單。
醒醉夢魂新角落，
品評人鬼小波瀾。
新歌唱罷群聲沸，
舊句刪餘兩意殫。
拭净梅花枝上月，
青冥吐納覺初寒。

近者，繁星在天，璀璨奪目，登臺一吼，身價倍增。蓋人皆有所好，有好名者，

有好權者，有好貨者，有好古董書畫者，有好歌舞聲色者。新星之陞與殞，皆與此等愛好有干。予好色，且并不諱言好色，然决不摇熒光棒作粉絲狀。此予之所以一肚皮不合時宜也。

無題

扁豆花開細雨天，
『危紅』『險緑』兩相憐。
當年短巷纏綿月，
未照寒窗邋遢箋。
北閣已嚐蝦味粥，
南冠恥共鴨頭船。
三門霧扃朱樓暗，
無復東山舊管弦。

長年以來，曾手録前人佳句，累篋盈箱，檢之，見有『危紅數點藏深緑，莫作春風爛漫看』之句，頓覺深有所會。年來游屐遍山海，時棲止于泉壑，松筠寄愛，風雨澄懷，渡水涉山，竟不知老之將至，又奚足言課虚叩寂，羨鳥驚魚哉！

溪風

鷩湍直下小山溪，
新柳毵毵夕照凄。
微雨新聲如杜宇，
輕風錦袷擬天鶏。
緑萍零落相思苦，
蕪徑徘徊指顧迷。
收拾壺觴歸去也，
玻玻鍛羽過林西。

予兒時，放學歸來，每于溪口濯足。見白鷺飛走，止于遠樹。予行，彼返；予返，彼飛。誓不相即，亦不相離。今影子于小羅浮園中築巨網飼白鷺，日日親近，亦不即不離。吁嚱，世界百鳥無一鳥中有此靈性，無一鳥有此神采！誠鳥中之靈物也！予當爲其作詩，爲其造像，爲其咏歌，爲其思忖，以啓冥昧也！

●天鶏：天上的神鶏。南朝梁任昉《述異記》稱：東南有桃都山，上有大樹，曰桃都，枝相去三千里，上有天鶏。日初出，照此木，天鶏則鳴。天下鶏皆隨之鳴。

●冥昧：幽暗不明之意。

無題

綺霞彌漫影熒熒，
幽占東山北海情。
畫本詩材開翠閣，
蠻花曉霧蕩銀萍。
蹉跎歲月浮生夢，
瑟縮歌吟劫後枰。
小月今宵照何處，
疏梅落蕊悄無聲。

此律雖無題，實有題也。八十年歲月，行將盡矣。予以爲一生棋局，當預爲之計，

作何畫，讀何書，交何種友朋。不然，一朝覆没，打劫無由矣。

● 東山路迥，北海情深，皆指予一生中重大情事。
● 蠻花：邊遠地區的花。李商隱《和孫樸韋蟾孔雀咏》：瘴氣籠飛遠，蠻花向坐低。
● 枰：圍棋的棋盤。劫，打劫，下圍棋的一種手法。

詩林（一）

小樓昨夜聽新雷，
蟲甲花苞一瞬開。
枕上湖山無際夢，
燈前風雨浩然哀。
朽樟遺穢排蚡蟲，
璃壁通光看濁埃。
身世煢煢應歌哭，
詩林鑴就繞墻栽。

小羅浮詩林，四周玻璃爲壁，花光竹影，擁入子懷，而舉世濁埃，盡排壁外，

蓋靜能濾囂也。惜至今數載，均未竣就，惰也！自庚寅南去以來，又已三年不入小羅浮詩林矣，今撰此『詩林』四律，聊寄深思也！

詩林（二）

一座樓成名净土，
三生夢覺即真儒。
踽踽繞宅硌砢路，
夜夜新编鬼魅狐。
紙上丹青常慘淡，
人間黑白更糊塗。
此身以外無多計，
畫幅梅花白鷺圖。

予好畫鷺，乃于詩林西隅南築鷺苑，飼白鷺、蒼鷺，以供摹畫。中有折翅傷足者，

予倆更垂愛有加。由鷺及人，由人及鷺，乃成情網！失此不啻坐失百城！

予乃于庚寅夏日，八十歲時作巨幅《梅鷺圖》以誌詩林中之此種生活。

詩林（三）

筆墨冥頑非作手，
時潮忤逆罕朋儔。
歌吟入世違心口，
江海論詩薄阮劉。
寫就文章大兀傲，
關心花事小風流。
連宵花雨描春景，
柳色催儂上閣樓。

詩林，亦書淵，亦畫藪。此當年初計也。六七載中，殊少踐及。鵬城事消歇之後，當戮力以赴。丁亥游莫奈故居歸來，更多痛切之感。春日將盡，即使滿園蒼翠，設無落花滿徑，初萼盈枝，亦成何風采！

●阮劉：指竹林七賢中之阮籍、阮咸叔侄及劉伶。阮籍頹唐，劉伶放誕，余于阮劉雖薄而實厚，此亦吾人之狡獪也歟？

●讀予詩者，又有人提及此詩中之頸聯。蓋人心歷歷，彼此相通也。

詩林（四）

籬邊墻角亂施爲，
净土周遭幾段碑。
玫瑰暮春猶怒放，
丹青歷亂且孤吹。
深情鎸滿羅浮石，
薄倖聊稱浪漫詩。
蜷進草窩聽故事，
瑩瑩小月上花枝。

人文精神，爲一切林園真賞之點。設無此真賞，又何異乎身處熱帶雨林，一片林莽，森森可怖。冒險游客，亦當不以『繾綣草窩聽故事』爲人生一大享受。人各有志，不能相强。人各有愛，不可相奪。

青梅

南國無雨又無晴，
忽見青梅葉底生。
一撮餘酸真續恨，
十年深愛證初盟。
莫言酒國無親誼，
長吉詩囊有慧根。
誰説落花情緒好，
孤吹孤唱伴孤征。

青梅極酸，予之所以擬此題者，乃因深愛，餘酸而不可或止也。

㊀莫言先生《酒國》，是作者大膽嘗試將現實批判推向極致的長篇小説。在權力、美女和酒的誘惑下，無人能經受道德和人格的剖析。

㊁李賀：字長吉，唐代詩人。出門時携詩囊，投以所得詩句，歸，即傾囊補足成篇。

抽心草

一夕琴聲頓杳然，
抽心春草太熬煎。
高華三士沈滄海，
淒月無言著碧天。
雛鶴不歸多抱恨，
雄圖已没獨清妍。
人間惟有情難泯，
飛到居庸哭九泉。

妞絲被王影喚回北京，長談四夜，未及進食，及至回到舊金山，又連續工作，

終因體力不支而歿。此時，予尚懵然處于漫游中。此次打擊，極爲不堪。王影育有二男二女，均極優秀，而妞絲年最幼，成就最大。十五歲時，獲全國青少年鋼琴賽第一名。隨後在美國獲藝術碩士、金融碩士、法學博士，因稱『三士』。予與王影齟齬，殃及池魚，沈痛無加，百身莫贖！

弦索

弦索凋零每醉狂，
暴風雨後又斜陽。
軟紅塵裏人憔悴，
老白頭時未補償。
我自支離走西口，
誰甘狼犺著南冠。
可堪明月多圓缺，
蒼狗如雲幻異常。

予與影子自東山始，雖情極好極深，然時有齟齬，幾至不能以好眉眼相向。予性懦弱，乃時相避讓，甚至避逃出户，游蕩城野。甲申四月，爲首次長期出游。未幾，爲王影招歸。然此種屈辱，皆源自戊戌。支離，狼犺，莫此爲甚！

●弦索：以弦樂代表中國戲曲，以戲曲代表中國藝術。

●軟紅塵：以塵土飛揚喻熱鬧的市井生活。

●走西口：爲山西民歌。舊時關内百姓，迫于生活，出山西長城諸口以謀生。這種民歌即表述這些外逃百姓的困苦生活。予借以自喻，且亦于文革中確實通過西口漫游内蒙。

●蒼狗：即白雲蒼狗，言世事變幻無常。

鳩諜

冷雨凄風暗小樓，
機心泯盡識鳩謀。
孤吹湖海情懷惡，
獨漉衣冠郎當游。
舊侶新知應憐惜，
危弦急板且綢繆。
微瀾已泛千重浪，
不可相期在素秋。

鳩占鵲窠，此《詩·召南·鵲窠》所言事也。影子若泯盡機心，應識我鵲瞥之苦。

微瀾已涌，無可撫抑也。以故返棹無由也。

●獨漉：又作『獨禄』。古樂府中晋和南朝齊樂舞歌辭名。李白曾作《獨漉謡》。

野宿橋洞下

嶺嶠三月尚餘寒，
半磚支枕睡能鼾。
橋上萬車聲驊騁，
身邊一葉響磐磐。
百座亭臺無片瓦，
一杯村醪有清歡。
靈簫又隔南山引，
爲雨爲雲爲哪端。

甲申四月，予又因故出走，夜宿橋下，隨後南游至贛北王胡木，所謂『百座亭

臺無片瓦』，即此歲設計百亭園受騙失敗。

●靈簫：爲龔定盦先生于清江浦結識的一位才智雙全的女友，兩人多次離合，爲歷代詩人中唯一在詩中反復談及之事。予詩中所言及之『又隔南山引』，乃故作幻覺之感，實予心之無端忐忑也。

王胡村

山泉汩汩月溶溶，
枝上孤禽作獸鳴。
翻遍書囊皆白紙，
抖穿藥笥僅丹參。
情田落落真潦草，
心浪滔滔豈鬱冲。
明朝又向何方去，
一二三四五點鐘。

甲申四月，予出游自鵬城而北，自京城而南。乃誓小屋于贛北王胡村。僅二三日即爲王影招引，聚首于杭城。王胡小村僅二十餘户，然風景絶美，此爲予一生最爲淹蹇之事。末句示夜不能寐，所饒之辛酸況味。

●丹參：爲中藥中對心血管病有某種療效的藥物。

追憶定公事

紅粉驕人授受難，
爲雲爲雨百般看。
天涯行役多艱困，
案側冥頑太等閑。
領略分携常失據，
調停哭笑却無端。
長江一日幾來去，
一回愁苦一開顏。

前律中所言靈簫即定盦先生于清江浦所結識之女友。爲此，定盦先生曾在《己亥雜詩》中反復咏唱，多達七首（即《己亥雜詩》二七二至二七八七首絶句）。或思念，或寄贈，皆指靈簫也。其二五二首更提示靈簫有才有志，她唯恐作者英氣耗盡，而時予啓示、激勵：『風雲才略已消磨，甘隸妝臺伺眼波。爲恐劉郎英氣盡，捲簾梳洗望黄河。』予此律中五、六兩句，即據此借喻影子分携失據、哭笑無端之狀。然個中滋味尚有更多無法言及者。影子有知，可否赧然？

安安（一）

手鼓音停舞袖垂，
名花隕謝竟成灰。
空旋玉腕山山暗，
未迴華堂曲曲哀。
燕嶺西陵埋骨地，
柘枝么鳳故山峐。
傷心江上招魂誄，
從此桃花瑟縮開。

何健安，小字安安，湖南益陽桃花江人。一九三二年（壬申）七月八日誕于桃江桃谷山。爲北伐名將何宣將軍幼女，美艷而有宿慧，爲總政歌舞團首席獨舞演員。一九五七年與予結褵，生三女一男。自一九五八年始，隨予過二十年艱難困苦之謫處生活，無怨無尤，而身心兩憊，罹肝癌呻吟床褥，達七年之久，終于二〇一〇年（庚寅）六月八日，歿于北海，埋骨西陵。

● 柘枝、么鳳：古樂舞名。

● 峐：環境惡劣，植被凋零謂『峐』。

安安（二）

幽林風雨冷瀟瀟，
桃谷桃花此夕凋。
寂寞瀛臺折春柳，
蒼涼石洞兢寒飆。
心雄一慟西陵泪，
幽恨千重北海潮。
不見長安歌舞地，
萬山磊落一峰高。

湖南桃江桃谷山爲安安故里。乃父何宣將軍在北伐及抗日戰爭中均累建殊功，

因病自抗戰前綫引退後，歸隱于桃谷山故里，營『小石洞山房』于桃谷。傳唐代李靖和俠女紅拂曾南游至此，擇址小石洞而棲，後乃埋骨于此。將軍忠肝義膽，十分珍視紅拂之俠骨柔腸，乃重修紅拂墓，并撰書聯語于上。安安幼聆家訓，砥礪身心，激揚藝術，終成大器，蓋得紅拂精神之熏沐也。

●心雄：女性之有堅强意志者，人多稱之爲『母性心雄』。

●北海：安安歿于北京三〇六醫院，離北海不到百米，瀛臺即在望中。

安安（三）

清名無礙骨枯榮，
高譽應期滿上京。
瞑目已窮生死理，
放懷未了別離情。
潔去潔來潔風骨，
證山證水證心盟。
西陵寒月凄清夜，
未可相倚并轡行。

安安自山右歸來，潛心于舞蹈研究，任職于中國藝術研究院。十年一劍，成《讀舞》一書，藝研院舞研所同仁，皆對書稿高自評賞。而安安已先此物故，無由自『讀』矣。生死至情，別離況味，均無計同温，無方并轡矣。

安安（四）

窗前夢影正胡旋，
舞罷微酣笑拍肩。
漠漠幽花寒到骨，
暝暝山月冷無眠。
愁紅慘白皆圖畫，
獨咏孤吟絶管弦。
買得一罈梅子酒，
迷離醉卧晚凉天。

安安安息了。

二十年苦難生涯，二十年愉快心境，只能在夢中回憶，只能于詩裏留連。予作《孤吟百律》，始于安安，亦止于安安。十載吟哦，竟成孤詣；三生獨處，未獲優游。豈圖一醉，唯冀沈酣而已！

●梅子酒：吾鄉村釀中有梅子酒者，微酸而多異趣，安安曾自桃江携此貽我。不知數十年過去，尚有此山鄉村味否？

靈符

似有靈符護我身，
千危百難總通神。
非真世界能圓夢，
如夢因緣竟化真。
羽翼聯翩排萬險，
文章探討燦三春。
我今一慟凌波去，
柳影荷香惜此春。

夏日，偕安安游北海，水鳥撲撲自蓮葉下飛起，又驀然止于遠處。渠告予曰：『此

我倆形影也！昂首前行者，君也；俯身續後者，儂也！』

予之所以十數年耿耿于懷，十數年對詩稿不離不棄者，即此也。甲申而後，總希冀有靈符護持，化萬險爲夷，然均成幻影。

終極之游

電磁波作恂然驚，
敢作書魚木蚋生。
未仰三三關愛意，
豈期盼盼膽肝情。
年來誤作蓬山夢，
歲晚應循海客行。
且學范公一棲止，
太湖烟雨舃舟橫。

癸巳之後，予從江海歸來，子女們晢小窠于京東，苗子等把工作和生活條件安排得極好。不意小窠附近有强電磁波輻射，對人體不利，乃循科學精神作多種防護之計。然首先防護之計，在于思想。若真有伴蟲魚、木蚋共生死之心，當忽此不計也。成計在身，當于秋後作終極之游，至太湖之畔，晢『江南丹青』，或能在耄耋之年，略有述作也。

●三三：沈從文先生對其愛妻張兆和的昵稱。

●盼盼：見前《湘女》注。

觀『林凡書藝外展』

林鍇

（一）

談碑論帖正紛紛，筆陣如今見異軍。
莫問『顔筋』兼『柳骨』，毫尖入木已三分。

（二）

屠龍無著且雕蟲，畢竟蟲雕與道通。
點畫争誇工鑄造，誰知爐橐在心胸。

漢宮春——讀林凡《孤吟百律》，感賦

劉慶安

百咏羅浮，看新詞一卷，格調清高。當年風雨，早已剥蝕塵囂。湖湘國手，算今番、振翮扶摇。須領略、非凡絶唱，詩潮更有心潮。

星月相依從此，便行踪萬里，藝海翔翱。閑來放杯淺酌，琴瑟同調。三千錦帙，感靈娘、瘦了蠻腰。余讀罷、《孤吟百律》，舉杯遥獻醇醪。

王影所編《走近林凡》一書，林凡即作七律《謝靈娘編書》，内有『錦帙三千誰剪輯，孤禪十萬應焚燒』『畫鬼詩奴描未似，靈娘瘦損小蠻腰』句。

賀「林凡書藝小展」

林锴

（一）

談禪論帖正紛紛，筆陣如今見異軍。
莫問「顛前」兼「獅音」，毫尖人本已三分。

（二）

屠龍無著且雕蟲，畢竟雕蟲與道通。
詩畫爭奇工鑄造，誰知瀛寰在心胸。

漢宮春——讀林凡《孤吟百律》感賦

劉慶安

百味羅浮，看新詞一卷，格調清高。當年風雨，早已剝蝕塵囂。洗
謂國手，算今番、流韻共搖。須領略、非凡格韻，詩餘更有心潮。
風月相依從此，便行踪萬里，驀海翻雲。問來成林遂願，琴瑟同諧。
三千詩伙，感盛娘、要了詩緣。余讀罷《孤吟百律》，畢林流響遺蹤。

王[illegible]《夫子林凡》一書，林凡曾作七律《[illegible]》，[illegible]二十[illegible]
[illegible]十[illegible]，[illegible]未[illegible]，[illegible]「[illegible]」在。

暗香・題林凡畫梅

傅立人

東君門第，問冷香如許，清寒迢遞。暗定陽春，寂寥無人覓踪迹。
一任東風綽約，喚醒了、岩邊消息。想此情，應是平生、邂逅在今夕。
無計，總想憶。待雪後消融，引領桃李，艷紅錦綺。疏影横斜獨幽謐。
不負山川緑野，笑丹青、琴心如洗。畫孤魂，欽俊賞，硯中佳麗。

閱『林凡藝術展』特刊感賦

李師農

飲譽寰球不自誇，虛懷若谷一方家。
推襟送抱文無俗，擷翠裁朱筆有花。
迭迭瑶瓊窮藝海，頻揮翰墨趁韶華。
芳蘭勁草滋盈圃，裝點關山分外嘉。

在《林凡藝術香港大展》開幕式上，益陽市長蔡力峰先生説：『林凡之詩，發乎性情，清新雋雅；林凡之畫，精工細緻，神形兼備；林凡之書，融鑄篆隸，氣韻生動。』

賀林凡《孤吟百律》問世

徐章雲

滄海沈浮辱與榮，春風終未負孤征。
意瀾幽壑千尋碧，夢繞寒梅幾段情。
一代文章肥净土，萬方山水寄清聲。
香魂長伴羅浮月，來證新盟踐舊盟。

寄林凡教授

曾資父

名儒大將其誰是，射斗文光筆一枝。
同學少年逢抗日，經霜晚節遇明時。
鍾王書法米吴畫，屈宋詞章李杜詩。
白鹿裴亭餘韵在，家園猶有舊相知。

《孤吟百律》讀後

夏　五

許是三生未了緣，與君同賞夕陽天。
風霜雨雪欣逢霽，苦辣酸鹹幸有甜。
織女牛郎終可聚，鱖魚熊掌喜能兼。
何當笑攬良宵月，永結人間愛侶緣。

敬賀《孤吟百律》問世

鄭紹周

捧讀孤吟詩百篇，摛華捄藻潤心田。
藝壇三絶推高手，翰墨千幀布大千。
淡掃虚名無俗氣，勻調幻色更鮮妍。
淋漓酣暢雲箋秀，帆影風翔夕照天。

祝林凡稀齡之慶并賀《孤吟百律》付梓

嚴兆坤

孤吟百咏有詩篇，風雅鍾情樂晚年。
湖海元龍胸涌浪，輞川摩詰畫生妍。
花飛上苑回春意，心繫家鄉望楚天。
彩筆一枝千氣象，太平洋上捲蒼烟。

羅浮雪鬢十分香

吴廣

愛從心底發奇芳，玉露今逢月滿厢。
落拓羈行仍坦蕩，桑榆暮影立蒼茫。
無端筆墨嶙峋瘦，有興情懷錦瑟狂。
唤起池塘金色夢，羅浮雪鬢十分香。

癸酉既望，余與林凡、王影二老初晤于都門西郊；後三載，方知二老皆爲經大劫大徹而能大悟大愛之凡心素面者也。今沐手捧讀《孤吟百律》，通宵達旦，踧踖拘攣，乃賀拜爲詩。

●《金色的池塘》爲獲美國奥斯卡獎之優秀影片，表現老年人愛情十分深刻。

丁丑歲闈奉和翊宇

莫紹凡

酌酒浮邱便若仙，幽蘭冷月不成眠。
四年學誼成追憶，百碣詩情結藝緣。
飛瀑閑雲君性格，洞天瑶草我流連。
詩思欲斷因風舞，忘了歸程問杜鵑。

●翊宇同學于鄉賢詩僧齊己上人推崇備至，選其詩作，鎸刻成碑，倩予督造。

喜賀《林凡畫册》梓行

曹毅前

喜識揮斤筆若神，賀君杰構又添新。
林梢著墨存高遠，凡語澄心賴率真。
畫裏情凝資水浪，册中景寓洞庭春。
梓傳一部珠璣卷，行見文光惠世人。

喜贺《林凡书画》付梓

曾凝萍

翰墨一路来艰苦，行见文光惠世人。

[illegible]

[illegible]

[illegible]

丁丑岁阑春咏随笔

[illegible]

[illegible]

[illegible]

[illegible]

[illegible]

讀林凡先生《孤吟百律》

石印文

客到羅浮吟未闌，人間誰解此情丹。
詩吟百首嘔心血，緣結三生慰苦寒。
筆底容顏饒逸趣，胸中丘壑壯奇觀。
年來不問春消息，但把梅花仔細看。

●隋趙師雄于羅浮山夢遇梅花仙女，後多以此爲咏梅之典。故林詩稱夫人爲梅娘、梅娃。另吴梅村有詩：『羅浮客到花爲夢，庾嶺書來雁是家。』夫人又自號寒雁，或亦本此。